Copyright © 1996 by Nord-Süd Verlag AG, Gossau, Zürich, Switzerland
First published in Switzerland under the title *Pauli, komm wieder heim!*
Translation copyright © 1999 by North-South Books Inc.

First Spanish-language edition published in the United States in 1999 by Ediciones
Norte-Sur, an imprint of Nord-Süd Verlag AG, Gossau, Zürich, Switzerland.
Distributed in the United States by North-South Books Inc., New York.

Library of Congress Cataloging-in-Publication Data is available.

ISBN 0-7358-1124-5 (Spanish paperback) 10 9 8 7 6 5 4 3 2 1
ISBN 0-7358-1123-7 (Spanish hardcover) 10 9 8 7 6 5 4 3 2 1
Printed in Belgium

Si desea más información sobre este libro o sobre otras publicaciones de Ediciones
Norte-Sur, visite nuestra página en el World Wide Web: http://www.northsouth.com

¿Dónde estás, Dany?

Brigitte Weninger
Ilustrado por Eve Tharlet

Traducido por
Agustín Antreasyan

UN LIBRO MICHAEL NEUGEBAUER
EDICIONES NORTE-SUR / NEW YORK

Mamá Coneja había estado buscando comida toda la mañana y volvió bastante cansada.

—¡Qué bueno es estar en casa! —dijo dando un suspiro de satisfacción.

Pero cuando entró a la madriguera quedó boquiabierta: en el suelo había un plato de porcelana hecho añicos.

—¡Niños, vengan todos aquí inmediatamente! —dijo en voz alta.

Dino vino corriendo.

—¿Qué pasa Mamá? —preguntó.

—¡Mira este desastre! —dijo Mamá—. ¿Fuiste tú quien rompió el plato?

—No —dijo Dino—. Yo te lo diría si lo hubiera hecho.

Enseguida vinieron Dodi y Dori.

—¿Quién hizo esto? —preguntó Mamá enojada y señaló los pedazos de porcelana.

—¡Yo no fui! —dijo Dori. Dodi se quedó callado y dijo que no moviendo la cabeza.

—Entonces, ¿quién fue? —preguntó Mamá.

—Seguro que fue Dany —dijo Dori.

Dino y Dodi dijeron que sí con la cabeza.

Cuando llegó Papá Conejo, los niños le mostraron el plato roto.
—Mira lo que hizo Dany —dijeron todos.
—Dany tiene que ser más cuidadoso —dijo Papá suspirando.

Afuera, alguien cantaba y silbaba. Era Dany.

—¡Inventé una canción! —dijo Dany al entrar corriendo—. ¡Escuchen, escuchen!

—No —dijo Mamá—. Tú eres el que debe escuchar ahora. Levantó un pedazo de porcelana del suelo y se lo mostró.

—¿Cómo puedes ser tan descuidado? —le regañó.

—Pero Mamá . . . —comenzó a decir Dany.

—Seguramente te subiste a la alacena otra vez. Te he dicho cientos de veces que no debes hacerlo.

—Pero Mamá, yo . . .

—Fuera de aquí, no te quiero ver. Vete antes de que pierda la paciencia.

Dany salió de la madriguera muy triste.

Se sentó en la hierba, puso la cabeza entre sus patas y
comenzó a llorar.

—Yo no rompí nada —dijo sollozando—. ¿Por qué Mamá
no quiso escucharme?

Se secó las lágrimas y dio una patada en el suelo.

—¡No es justo! —protestó—. Siempre me echan la culpa
a mí. Y para colmo ahora Mamá quiere que me vaya.

Dany se levantó sollozando y dijo:

—Está bien, me iré. Me iré y conoceré el ancho mundo.
Entonces se arrepentirán de lo que han hecho; pero ya será
tarde. No pienso volver a casa hasta ser grande y fuerte.
¡Ya verán!

   Dany entró a la madriguera a escondidas
por la puerta trasera. Tomó su conejito
de juguete, el libro que leía antes de
dormirse y el barquito de madera
que le había hecho su papá. Puso
todo en la funda de una almohada,
se la cargó al hombro y se
fue de su casa.

Dany cruzó el prado hasta llegar al río. Del otro lado se veía el ancho mundo. ¡Qué hermoso se veía!

Dany se sentó a descansar.
Ya muy pronto se haría de noche.
"Mamá y Papá me deben estar buscando
ahora" pensó. "¡No me encontrarán!"
Sintiéndose bastante orgulloso Dany se
levantó de un salto, pero casi enseguida
tuvo que esconderse entre las hierbas.

Una enorme sombra pasó volando sobre
él y desapareció en la oscuridad.
Dany comenzó a temblar de miedo. Se había
olvidado que el búho sale a cazar de noche.

Dany miró a su alrededor atemorizado. Recogió sus cosas y corrió a los saltos hacia su casa.

Cerca de la madriguera, se acurrucó sobre la hierba, se cubrió con la manta y se puso a esperar con su conejito de juguete en la mano . . .

Oyó que alguien lo llamaba.
—¿Dónde estás, Dany?
Era la voz de Dino. Dany no se movió.
Luego oyó a Mamá.
—¿Dónde estás, Dany?
Se estaban acercando. Dany cerró los ojos con fuerza.

—¡Dany, mi amor! ¡Finalmente te encuentro! —dijo Mamá
y lo abrazó. Ella enseguida vio la funda de la almohada sobre
la hierba.

—¿En serio querías irte de casa? —le preguntó.
Dany dijo que sí con la cabeza.

Una enorme lágrima comenzó a rodarle por la
mejilla pero Mamá se la quitó con un beso.—Fue
Dodi quien rompió el plato —dijo Mamá—.
Después que tú te fuiste Dodi nos dijo que había
sido él. Fui muy injusta al decir que eras el culpable.
¿Me perdonas, Dany?

—Sí —dijo—. Te perdono.

Dany y Mamá se abrazaron nuevamente.

—¿Me llevas a casa? —le pidió Dany—. ¡Estoy tan cansado!

—Bueno, ven. Súbete —dijo Mamá sonriendo. Y lo llevó en la espalda todo el camino de vuelta.

—¡Aquí está Dany! —dijo Mamá al llegar a casa, y toda la familia vino corriendo a recibirlos. Todos menos Dodi, quien se quedó parado en un rincón, avergonzado y con las orejas caídas.

—Tú eres muy malo, Dodi —le dijo Dany a su hermano—. Te perdono si prometes no hacerlo nunca más.

—Lo prometo —contestó Dodi, y los dos hermanos se dieron la mano.

Toda la familia se sentó a cenar. Habían estado buscando a Dany todo el día y tenían mucha hambre. Dany también estaba hambriento por haber estado lejos de casa.

Como faltaba un plato, esa noche Dany y Dodi
compartieron uno. Ahora que habían hecho las paces,
todos comieron muy felices.